# SPÄTLESE & EISWEIN

Ein E-Mail-Roman, 1. Teil

Milla Dümichen & Eva von Kleist

Bibliografische Informationen

Text: Milla Dümichen und Eva von Kleist
Lektorat: Eva von Kleist
Coverfoto: Milla Dümichen und Eva von Kleist
Grafik: Claudia Blum
Oktober 2020

Herstellung und Verlag:
BoD-Books on Demand, Norderstedt
ISBN: 9783752625875

# Vorwort:

*„Liebe ist eine schwere Geisteskrankheit"*, das wusste bereits Platon. Dieser Konflikt zwischen Herz und Verstand lässt die Menschen bis in die heutige Zeit nicht ruhen. So untersuchten Hirnforscher die Hirnaktivitäten frisch Verliebter und fanden heraus, dass Liebe tatsächlich blind und süchtig macht. Heldinnen und Helden dieser Kämpfe zwischen Herz und Verstand sind im Allgemeinen junge Menschen.

Ältere Personen jedoch sollten diesen Konflikt der vorherrschenden Meinung nach überwunden haben: Ältere Männer sind Großväter, die sich von ihren Enkeln das Handy erklären lassen und die, falls ihre Frau verstorben sein sollte, regelmäßig am Sonntag die Koch- und Backkünste ihrer Kinder und Schwiegerkinder prüfen. Ältere Frauen passen fast immer gerne auf die Enkelkinder auf und zeigen als Alleinstehende bisweilen ein reges Interesse an den Aktivitäten ihrer Nachbarn.

Aber den emotionalen Rauschzustand, der den Verstand zur langweiligsten Nebensache der Welt degradiert, können und wollen wir ihnen nicht zugestehen: Eine neue Liebe mit all ihren schönen Seiten, aber auch ihren Irrungen und Wirrungen! Kann und darf dieses Glück – oder dieser Schrecken - gereiften, in Ehren ergrauten - oder kunstvoll gefärbten - älteren Damen überhaupt noch widerfahren? Und ist der Blitz nun eingeschlagen, wie sollte frau klugerweise weiter vorgehen?

Diesen Fragen gehen Milla Dümichen und Eva von Kleist im ersten Teil ihres E-Mail-Romans „Spätlese & Eiswein" nach. Die beiden Protagonistinnen Lis (65) und Gabi (72), zwei gestandene Frauen, „die Bescheid wissen", aber trotzdem ins Getümmel der Hormone geraten, pflegen einen regen E-Mail-Austausch zu diesem Thema. Der Roman basiert auf einer Idee von Milla Dümichen.

Eva von Kleist

Liebe Gabi,

wie versprochen melde ich mich aus Norddeutschland. Du weißt, ich habe es mir mit dem Umzug hierhin nicht leicht gemacht. Aber meine Tochter, die Enkelkinder und nicht zuletzt die Seeluft haben mich umgestimmt. Nun lebe ich schon seit zwei Monaten in einem kleinen Kurort in der Nähe von Friedrichstadt in Nordfriesland. Erinnerst du dich an meine Skepsis, mit 65 ins Rentnerparadies umzuziehen? Die Fünfzigjährigen zählen hier zu den jungen Einwohnern. Aber weißt du was? Ich bin zufrieden. Ach was, *zufrieden*, klingt irgendwie wie *nicht ganz glücklich*. Aber so ist es nicht. Denn in diesen zwei Monaten ist schon so viel Wunderbares passiert, dass ich es dir unbedingt erzählen muss.

Stell dir vor: Ich habe einen ganz tollen Mann kennengelernt! Und das mit 65! Das erste Mal seit zwanzig Jahren! Deine unbändige Lis wagt den Sprung in ein Liebesabenteuer.

Er heißt Bernd, ist mit seinen 72 Jahren lebenslustig und voller Energie. Noch vor drei Monaten konnte ich mir nicht vorstellen, dass ich in meinem Alter noch begehrt werden könnte, mit meinem gealterten Körper, den grauen Strähnen im dünneren Haar und den inzwischen doch sichtbaren Falten am Hals und im Gesicht. Du kennst mich schon seit dreißig Jahren und weißt: Ich lasse mir keine Verschönerungen unterjubeln, auch von den fachkompetenten Kolleginnen nicht, die mein Kosmetikstudio übernommen haben. Ich war bisher froh, aus dem Alter heraus zu sein, wo die Leidenschaft uns umtreibt und uns manche Dummheiten begehen lässt.

Und jetzt ist Bernd da und mein Leben gerät aus den Fugen. Wir haben uns beim Lampionfest in Friedrichstadt kennengelernt. Er war gerade nicht auf Teneriffa, wo er die Hälfte des Jahres beim Sonnenbaden verbringt. Wir sahen uns, und aus dem Nichts ist ein Funke zwischen uns übergesprungen. Und jetzt sind wir fast unzertrennlich. Er geht mit mir zu Sommerfesten und zu Weinverkostungen, zu Konzerten und zum Schwimmen. Der Badeanzug, den ich mit dir in

Münster gekauft habe, wird zweimal wöchentlich benutzt, vielleicht auch bald im Süden, denn Bernd schmiedet schon Pläne, mit mir nach Teneriffa zu verreisen. Es ist wunderbar, wie gut es mit uns funktioniert. Wir gehen zweimal in der Woche tanzen. Gut, dass ich meine Tanzschuhe nicht in den Altkleidercontainer geworfen habe.

Im Tanzlokal habe ich viele Menschen kennengelernt, Paare, aber auch alleinstehende Frauen.

Und stell dir vor, Gabi, von diesen Frauen ernte ich reichlich Spott. Sie lästern hinter meinem Rücken und nennen es sogar „eine Schande, sich in dem Alter einen Liebhaber zuzulegen".

Das kränkt mich!

Ach Gabi, du sollst nicht denken, dass ich mich bei dir beklagen möchte. Es ist nur so, dass ich meine Einstellung von früher, *Liebe im Alter ist etwas Anstößiges, was verschwiegen und verborgen gehört*, abgelegt habe. Meine Liebe zu Bernd ist völlig legitim, und es gibt nichts, wofür ich mich schämen sollte. Was meinst du dazu, Gabi? Du warst doch immer die Besonnene von uns beiden, die mit dem kühlen Kopf.

Übrigens, meine Tochter und die Enkelkinder finden meine Beziehung zu Bernd ganz in Ordnung.

Deine Lis
PS: Du fehlst mir!

Liebe Lis,

ich freue mich, dass es dir so gut geht, muss dir aber gleich sagen, dass ich dich nicht beneide. Ich bin mit meinen 72 total zufrieden mit meinem Single-Dasein: Ich bin fit, ungebunden und vor allem bin ich selbständig: Ich plane meine eigenen Reisen, ohne fragen zu müssen, ob das Reiseziel gefällt; ich lerne auf Sommerfesten, Konzerten und Weinverkostungen viele interessante Menschen kennen, ohne mir später anhören zu müssen, dass ich mich schon wieder in den Vordergrund gespielt hätte; zuhause kann ich meine (Un)Ordnung halten, wie es mir beliebt. Kurzum: Ich muss mich nicht anpassen und auf niemanden Rücksicht nehmen. Herrlich!

Angst vor Einsamkeit habe ich nicht.

Bei meinen vielen Interessen, die ich mit anderen teile, bin ich eher froh, wenn ich hin und wieder still und möglicherweise geistlos vor mich hindümpeln kann. Wenn ich mich aber mit Bekannten treffe, dann bin ich immer voll dabei, sozusagen auf 120, und nicht im reduzierten „Hasi-Mausi-Sofa-Abhänge-Modus", der außer Bequemlichkeit und zusätzlichen Pfunden nichts bringt.

Ja - und dann gibt es da noch etwas: Die Mutter eines Freundes, damals mit 70 bereits Witwe, hat auf meine Frage nach einer neuen Partnerschaft etwas angeekelt geäußert: „Nee, da bin ich fies vor", was ich damals gar nicht verstanden habe, heute aber umso besser nachvollziehen kann. Denn, so leid es mir tut, liebe Lis: Alte Männer stinken! Vielleicht nicht, wenn sie ausgiebig gebadet haben, aber dieser schöne Zustand hält höchstens eine halbe Stunde an. Alte Frauen riechen wahrscheinlich auch nicht besonders gut, aber an den eigenen Geruch ist man glücklicherweise seit Jahrzehnten gewöhnt. Hinzu kommen die

Haare, die bei alten Männern an allen möglichen und un-
möglichen Stellen sprießen: aus den Ohren, aus der Nase,
an den Zehen und gewiss auf dem Rücken, von anderen
Stellen ganz zu schweigen! Nein danke!

Es braucht schon einen gewaltigen Hormonstoß, um
das alles auszublenden. Er sei dir gegönnt!

Du freust dich, dass du trotz deines Alters begehrt
wirst. Lis, sei mir nicht böse, diese Haltung orientiert sich
an dem Ideal der Jugend, dem jungen Körper als Ziel des
Verlangens. Da mein junger Körper sich schon seit Jahrzehnten von mir verabschiedet hat und ich mein Geld nicht
zu diversen Schönheitschirurgen tragen möchte, bin ich
froh, derlei Bestätigungen nicht mehr nachjagen zu müssen, nach dem Motto „letzter Versuch". Welch eine Entlas-
tung und Befreiung, als Frau weder einen Mann beeindru-
cken zu wollen noch mit anderen Frauen konkurrieren zu
müssen!

Liebe Lis, ich wünsche dir, dass deine Hormone noch lange mit dir Tango tanzen und dass du nicht eines Tages aufwachst, neben einem alten, nicht gut riechenden Menschen, der sehr laut schnarcht, seine Socken unstrukturiert im Zimmer verteilt hat und der all das nicht damit wettmachen kann, dass er schon seit 45 Jahren mit dir zusammenlebt.

Ich hoffe, du verzeihst mir die klaren Worte.

In alter Freundschaft
deine Gabi

02.09.2018

Liebe Gabi,

warum überrascht mich deine Antwort nicht? Ganz einfach, weil ich selbst noch vor kurzem so gedacht habe wie du. Es ging mir gut allein, mir fehlte nichts. Ich war meine eigene Herrin, verreiste oft und zog es vor, ein Buch zu Ende zu lesen, statt Fenster zu putzen. Aber das hat sich alles geändert, seitdem ich Bernd kenne.

Unsere Beziehung ist allerdings auf beiden Seiten nicht das Ergebnis einer langen verzweifelten Suche.

Ich gehöre, wie du weißt, nicht zu den Frauen, die aus Angst vor Einsamkeit eine Menge auf sich nehmen, um einem möglichen Partner zu gefallen. Ich quäle mich nicht von einer Diät zur nächsten und ertrage auch keine schmerzhaften Epilationen, ganz zu schweigen von plastischen OPs. Wenn's weh tut, hört der Spaß bei mir auf. Ich drücke mich schon vorm notwendigen Zahnarztbesuch so lange wie möglich, weil ich beim Anblick einer Spritze in Ohnmacht falle.

Und ich gehöre auch nicht zu denen, die aus Angst vorm Alleinsein jeden Dahergelaufenen akzeptieren würden. Vor allem nicht jene Retter des weiblichen Geschlechts, die für ihren Einsatz bedingungslose Liebe, Hingabe und Toleranz erwarten. In deren Augen es ganz normal ist, dass sie schnarchen, haaren und ihre nach Müllkippe stinkenden Klamotten und Socken herumliegen lassen.

Aber Bernd ist anders, glaube mir! Seine Wohnung ist tipptopp gepflegt, genau wie er selbst, und **er stinkt nicht!** Ich habe vor kurzem die Studien einer Universität gelesen, die besagen: *Am schlechtesten riechen junge bis mittelalte Männer. Schuld daran ist das männliche Sexualhormon Testosteron, dessen Abbauprodukte für einen sehr intensiven Geruch sorgen.*

Wie hoch der Testosteronspiegel bei Bernd ist, das kann ich dir gar nicht so genau sagen, so weit sind wir noch nicht gekommen. Aber du hast recht: *Meine Hormone tanzen Tango mit mir!* Und ich gebe zu: Es gefällt mir! Vielleicht hängt das aber auch mit meinem Alter zusammen.

Vor etwa 20 Jahren lernte ich eine Dame kennen, die damals so alt war, wie ich heute bin. Sie hat mich aufgeklärt, warum 65 das beste Alter ist. *Mit 25 hast du Stress mit deinen kleinen Kindern, ihren Krankheiten und ihren Trotzphasen. Du bist häufig müde und nicht ausgeschlafen. Mit 45 setzen die ersten Anzeichen des Klimakteriums ein: Herzrasen, Hitzewallungen, Depressionen. Der Ehemann hat wenig Verständnis für deine Probleme, seine schönen starken Arme, die dir lange Jahre Halt boten, lassen dich fallen. Ins Bodenlose. In seinem Jackett findest du einen Liebesbrief seiner Sekretärin und fühlst dich verraten. Dich scheiden lassen möchtest du nicht, denn du hast Angst, allein zu bleiben. Du hast keinen Beruf, weil du dich damals für die Familie entschieden hast.*

*Mit 65 sieht die Welt anders aus: Die Wechseljahre sind vorbei und damit Hitzewallungen und Herzrasen. Dein Mann ist pensioniert und sein Nachfolger übernimmt seine Sekretärin mit all ihren Diensten. War aber auch höchste Zeit! Dein Mann kann doch nicht ewig die blauen Pillen schlucken. Irgendwann ist Schluss damit. Das Leben ist jetzt so entspannt wie nie zuvor. Jeder macht, was er will, kein Stress, keine Depressionen, jedenfalls bei dir. Du hast plötzlich entdeckt, dass dir auch mal junge Männer hinterherschauen und dich sogar an der Bartheke ansprechen. Jetzt ist die Zeit gekommen, in der dein Mann deine Post unauffällig durchsucht und Angst hat, dass du ihn verlässt.*

Darum ist 65 das beste Alter, auch wenn sich der Ehemann (übrigens ohne Sekretärin) schon lange verabschiedet hat! Darum lasse ich mich weiter von meinen Gefühlen treiben, liebe Gabi, und erlaube mir einfach glücklich zu sein. Ich weiß ja nicht, wie lange es mir vergönnt ist.

Deine Tango tanzende Lis

PS: Deine klaren Worte haben mich nicht gekränkt. Im Gegenteil, wir sollten nicht um des lieben Friedens willen alles gleich betrachten, nur weil wir seit 30 Jahren befreundet sind.

06.09.2018

Liebe Lis,

es macht mich traurig zu hören, dass du kein Buch mehr zu Ende liest und stattdessen lieber Fenster putzt. Darf ich daraus schließen, dass du deine hausfraulichen Qualitäten in altem Glanz erstrahlen lässt, damit dir das seltene Exemplar eines älteren, sehr gepflegten Mannes nicht naserümpfend aus deiner Wohnung entwischt, weil sie nicht seinen Anforderungen an Ordnung und Sauberkeit entspricht. Aber Spaß beiseite: Schließlich gibt es Fensterputzer und Hörbücher, womit wir derlei Probleme gelöst hätten.

Allerdings möchte ich dir schon zu regelmäßigen Zahnarztbesuchen raten. Gerade als älterer Mensch muss man manchmal ganz feste zu(rück)beißen können, das machen die dritten Zähne nicht mit, da benötigt man schon noch die eigenen.

Womit wir bei der Behauptung angelangt sind, dass 65 das beste Alter sei. Auf jeden Fall wurde das vor 20 Jahren von einer Dame dieses Alters behauptet. Diese Dame „ohne Beruf" hatte offensichtlich einen sehr vermögenden Ehemann, der beiden auch im Alter ein entspanntes Leben ermöglichte.

Möglicherweise ist 65 besser als 72, das kann schon sein. Aber meiner Meinung nach passt die Aussage deiner damaligen Bekannten nicht mehr auf die heutige Situation: Heute sind 3 von 4 Frauen erwerbstätig (ich hab's gerade gegoogelt), stehen also noch voll im Berufsleben, d.h. Stress pur, da unsere Leistungsfähigkeit mit 65 im Allgemeinen deutlich abgenommen hat. Frauen, die mit 65 nicht mehr arbeiten, sind vorzeitig aus dem Beruf ausgestiegen. Sie sind also krank oder haben auf einen Teil ihrer Rente verzichtet. Beides möglicherweise Gründe, um sich zu betrinken, allerdings vorzugsweise im stillen Kämmerlein. Ich kenne nämlich keine 65-Jährige, die alleine in eine Bar geht, und sie muss schon recht teuer ausschauen, damit sich junge Männer nach ihr umdrehen. Ich erinnere mich, dass ich mal mit 37 in einer Disco von einem jungen Mann angesprochen worden bin. Er fragte, ob ich meine Tochter abholen wollte.

Sicherlich ist es schön, dass die Belastungen, denen junge Mütter ausgesetzt sind, weggefallen sind. Warum aber sind doch viele Mütter so glücklich, wenn ihre Lieben hin und wieder zu Besuch kommen?

Gewiss mag eine Ehefrau mit stiller Erleichterung zur Kenntnis nehmen, dass ihr Mann sich nicht mehr bei anderen Damen verausgabt, aber erscheint er ihr dadurch attraktiver? Ist ihre Ehe nicht von der Insel der Seligen zum Eiland der Verschmähten geworden, zu einer Art „Restpostensammellager"? Ein mühsamer Trost mag hier sein, dass beide nicht mehr Jahrzehnte miteinander verbringen müssen, da Jahrzehnte einfach nicht mehr zur Debatte stehen. Was ich für einen gewaltigen Schönheitsfehler halte, an der Situation der 65-Jährigen!

Wie du siehst, habe ich mal wieder an allem was rumzunörgeln, aber du kennst mich ja, das legt sich wieder.

Leider muss ich jetzt schließen: In die Nachbarwohnung scheint jemand eingezogen zu sein, dem Lärm nach zu urteilen. Nebenan wird gehämmert und gebohrt, Möbel werden gerückt, und dort ist doch gerade der teure Parkettboden verlegt worden! Hoffentlich haben Schneiders eine angemessene Kaution verlangt, ich werde sie demnächst anrufen.

Und jetzt - da spielt jemand Geige! Stell dir vor, um diese Uhrzeit, um kurz nach zehn, zehn Uhr sieben, genauer gesagt! So geht das nicht! Da gehe ich jetzt rüber.

Ich melde mich in Kürze wieder. Grüß unbekannterweise deinen gutgepflegten Bernd von mir.

Bis bald!

Deine Gabi

PS: Hat Bernd übrigens eine Putzhilfe oder putzt er selbst?

10.09.2018

Liebe Gabi,

dein Humor ist nicht zu toppen, wenn er auch in der letzten Zeit immer bissiger wird. Mich bringt er zum Schmunzeln. Was meine Zähne betrifft, die sind im besten Zustand. Gott sei Dank! Ich kann problemlos zu(rück)beißen, das habe ich in meinem Berufsleben gelernt.

Und da sind wir wieder bei den Frauen mit und „ohne Beruf" angelangt, die du ein bisschen herablassend betrachtest. Ich muss meine alte Bekannte in Schutz nehmen. Sicher hätte sie ihren Mann verlassen können, nachdem sie von seinem Fremdgehen erfahren hatte. Sie hätte sich auf dem Absatz umdrehen und ihm stolz ins Gesicht schleudern können: „Ich will dich nie wiedersehen und ich möchte keinen Cent von dir!" Was wäre dann passiert? Sie hätte mit 40 von vorne anfangen, sich dem Berufsstress aussetzen müssen, wäre möglicherweise krank geworden und mit hohen Rentenabschlägen ausgestiegen, um dann mehr schlecht als recht ihren Lebensabend zu fristen.

Es ist doch kein Geheimnis, dass die Frauen in unserer Gesellschaft schlechter bezahlt werden als die Männer. Hätte sie ihr schickes 200 Quadratmeter großes Penthouse und ihr Cabrio ihrer Rivalin überlassen sollen? Was sie gemacht hat, nenne ich gesunden Egoismus. Können wir ihr das übel nehmen? Sie ist ein Kriegskind gewesen, ausgebombt und halb verhungert, das hinterlässt tiefe seelische und körperliche Wunden. Nachdem ihr Mann relativ schnell seine politische Karriereleiter hochgestiegen war, wurde sie zur „Gattin von" und übernahm manche repräsentative Verpflichtung. Das tat sie gerne. Ihre Entscheidung, bei ihm zu bleiben, war richtig. Trotzig wollte sie jetzt *jeden Cent von ihm* weiterhin haben. So ging es doch vielen Frauen ihrer Generation, die Spitze darin waren, alle Unannehmlichkeiten unter den Teppich zu kehren.

Bevor ich nach Norddeutschland umgezogen bin, habe ich die Dame besucht. Sie sah mit ihren fast 90 Jahren immer noch gesund und gepflegt aus, nur sehr dünn. Sie kam gerade aus dem Altenheim, wo ihr Mann seit zwei Jahren vergeblich gegen das Vergessen kämpft. Sein Gehirn wird jeden Tag ein bisschen mehr von dem Monster Demenz zerfressen. Noch erkennt er sie, versteht aber nicht, warum er mit ihr nicht nachhause gehen darf. Er schaut sie mit den Augen eines verängstigten Kindes an, klammert sich zitternd an sie, und an seinen Hosenbeinen bildet sich ein dunkles Rinnsal. Er ist zwar senil, aber inkontinent ist er normalerweise nicht. Es muss eine Extremsituation für ihn gewesen sein, die ihn so überfordert hat. Sie drückt schnell den roten Knopf an seinem Bett, und sobald die Pflegerin kommt und die frischen Hosen aus dem Schrank herausnimmt, flüchtet sie. Zuhause setzt sie sich erschöpft an den Küchentisch und überlegt: eine Runde heulen oder sich betrinken? Dafür braucht sie nicht einmal ins stille Kämmerlein zu gehen, sie ist allein in ihrer 200 - Quadratmeter -Wohnung, die bedrohlich still auf ihr lastet.

Ich umarmte sie, schluckte den dicken Kloß in meinem Hals herunter, gab ihr einen Kuss und ging. Sie stand im Türrahmen und winkte mir hinterher, eine kleine, zierliche alte Frau. Im Fahrstuhl ließ ich meinen Tränen freien Lauf.

Was bin ich sentimental heute! Verzeih bitte. Dabei wollte ich dir von mir und Bernd erzählen. Ja, er hat eine Putzfrau. Seine finanzielle Lage scheint bestens organisiert zu sein. Aber erspare mir bitte die Anmerkung, dass ich es eventuell auf sein Geld abgesehen habe. Ich habe zwar keine üppige Pension, aber dafür eine Eigentumswohnung, die mir meine Eltern vererbt haben. Ich kann also keine großen Sprünge machen, aber ich bin zufrieden mit dem, was ich habe.

Deine nachdenkliche Lis

PS: Mit deinem neuen Nachbarn scheinst du kein Glück zu haben, ich weiß, wie geräuschempfindlich du bist. Aber du kannst zum Beispiel die Heino-Musik schön laut hören. Scherz beiseite. Ich finde, man muss  nicht unbedingt mit den Nachbarn befreundet sein, eine Mischung aus Toleranz und Distanz wird reichen.

14.09.2018

Hallo, meine liebe nachdenkliche Lis,

dass du es auf das Geld deines neuen Freundes abgesehen haben könntest, wäre mir wirklich nie in den Sinn gekommen, zumal ich weiß, dass du das im Ansatz nicht nötig hast.

Außerdem sehe ich auf Frauen „ohne Beruf" nicht hinab. Wenn sie keinen Partner haben, bedauere ich sie, weil sie vermutlich einen schlechtbezahlten Job ohne Verantwortung ausüben müssen. Wenn sie aber einen vermögenden Mann geheiratet haben, könnte ich sie theoretisch beneiden. Wahrscheinlich haben sie eine Haushaltshilfe, ein Kindermädchen und einen Gärtner. Das ist aber nicht das Entscheidende. Am wichtigsten ist Folgendes: Diese Glückspilze verbringen ihre Zeit mit Personen, die sie sich

— hoffentlich! - selbst ausgesucht haben (Ehemann), mit Menschen, die sie selbst produziert haben (Kinder) und mit solchen, die sie selbst eingestellt haben (Putzhilfe, Kindermädchen, Gärtner). Den Ehemann können sie vergnüglich umgarnen und umsorgen und ihm Dinge einflüstern, die er ihnen dann später als eigene Idee verkauft. Die Kinder dürfen sie nach Herzenslust verwöhnen, für die zwangsläufig folgenden ungemütlichen Auseinandersetzungen mit den lieben Kleinen gibt es schließlich Erzieher und Lehrer in Internaten. Die Angestellten bekommen Anweisungen und werden kontrolliert, es sie denn, sie stellen sich als echte „Perlen" heraus, die besonders gehätschelt werden müssen.

Für ihre repräsentativen Verpflichtungen benötigen „Frauen ohne Beruf" natürlich die entsprechende Garderobe. Außerdem werden sich der Friseur und die Stylistin die Klinke in die Hand geben. Sicherlich wird bei den repräsentativen Verpflichtungen auch etwas von ihnen verlangt:

Sie haben freundlich lächelnd Belanglosigkeiten auszutauschen. An dieser letztgenannten Aufgabe würde ich verzweifeln. Im Ganzen eigentlich aber doch ein feines Luxusleben!

Im Gegensatz dazu können die meisten Frauen „mit Beruf" sich die Menschen in ihrer Umgebung nicht selbst auszusuchen. Sie müssen, je nach ihrem Alter, mit zudringlichen oder cholerischen Chefs zurechtkommen, Interesse für die Belanglosigkeiten ihrer intriganten Kolleginnen und Kollegen heucheln und sich am Ende eines Tages im Spiegel immer noch wiedererkennen.

Wahrscheinlich würden manche von diesen berufstätigen Frauen gerne mit der Ehefrau „ohne Beruf" tauschen – ich allerdings nicht! Ich musste nämlich kein Interesse für meine Kolleginnen und Kollegen heucheln, ich habe mich tatsächlich für sie interessiert. Sie wussten ihrerseits, dass sie sich immer auf mich verlassen konnten. Ich hatte das Gefühl, dass sie gerne mit mir zusammengearbeitet haben, dass sie meine Arbeit geschätzt haben. Dieses gute Verhältnis war allerdings nicht der Tatsache geschuldet, dass wir alle gute Menschen waren bzw. sind, sondern das Ergebnis eines klaren Kalküls. Wir wussten: Wir verbringen wesentlich mehr Zeit mit Arbeitskolleginnen und - kollegen als mit unseren Ehepartnern. Außerdem kannten wir alle den Spruch mit dem Wald und dem Echo. Warum sollten wir uns die Zeit verderben, indem wir die unzuverlässigen Egomanen gaben? Diese Typen, die nichts weitergeben, außer schlechter Laune und Vermutungen über erste Anzeichen einer drohenden Erkrankung, die sie, wie so häufig, für viele Tage aufs Krankenlager niederstrecken würde.

Ich merke, ich könnte hier noch ganze Romane schreiben ...

Der alten Dame und ihren Erzählungen würde ich übrigens nicht trauen. Sie muss dich belogen haben. Wenn ihr Mann so dement ist, dass er sich in Extremsituationen in die Hose macht, wird er seine Frau in den vielen Wochen ohne Besuch höchstwahrscheinlich vergessen haben. Möglicherweise glaubt er inzwischen, mit der Pflegerin verheiratet zu sein. Die wiederum scheint ja gar keine Ahnung zu haben. Es gibt doch Windeln, und zwar solche, die ein sehr großes Volumen an Feuchtigkeit aufnehmen können. Selbst in bescheidenen Pflegeheimen werden diese eingesetzt. An den Erzählungen der kleinen, zierlichen alten Frau kann also irgendwas nicht stimmen. Sei auf der Hut!

Aber jetzt das Neueste von nebenan: Ich habe dir ja geschrieben, dass ich mich beschwert habe, wegen des Lärms. Ich bin also rüber und habe Sturm geklingelt. Der neue Mieter, er heißt übrigens Franz Kobler, hat sich sogleich entschuldigt. Er scheint ganz gute Manieren zu haben. Als ich niesen musste, hat er mir ein Taschentuch angeboten, und zwar - man stelle es sich vor! - ein Stofftaschentuch, mit Monogramm und einem undefinierbaren, ganz feinen Duft. Höflicher geht es nicht! Allerdings scheint der arme Mann mit seiner aktuellen Situation überfordert zu sein.

Die Wohnung bzw. das, was ich von ihr gesehen habe, wirkte etwas rumpelig und das Mobiliar zusammengewürfelt. Das dürfte doch in seinem Alter – ich schätze ihn auf Mitte 60 – nicht mehr vorkommen. Aber ich weiß auch nicht, er hat mir irgendwie leidgetan, zumal er mich an einen jüngeren Ex-Kollegen erinnert, der aufgrund seiner Gutmütigkeit von allen immer veräppelt worden ist. Genaueres über ihn kann ich natürlich noch nicht sagen, zumal ich dann auch schnell wieder gegangen bin. Es war ja schon nach zehn Uhr.

Liebe Lis, ich muss jetzt Schluss machen, Herr Kobler hat nämliche einige Nachbarn eingeladen. Ich bin auch dabei.

Grüß bitte „deinen"? Bernd von mir.


Deine Gabi

Liebe Gabi,

eine Frage vorab: Kann es sein, dass du deinen Job vermisst? Wie es mir scheint, warst du in deinem Beruf glücklich und ihr hattet dort ein gutes Arbeitsklima. Das ist nicht selbstverständlich. Es gibt Kollegen, die einen mit fiesen Streichen und Schikanen in den Wahnsinn treiben können. Und das nicht nur am 1. April. Ich hatte eine Kundin in meinem Kosmetiksalon, die psychisch am Ende war, weil die Kollegen ihr einmal die Toilettenklinke mit Schokolade verschmiert haben. Sie musste sich mehrfach übergeben, seifte ihre Hände 10 Minuten lang ein und wusch und wusch. Sie war danach für mehrere Wochen arbeitsunfähig. Deshalb - ein gutes Verhältnis mit Arbeitskollegen ist sehr wichtig.

Was Bernd betrifft, er ist noch nicht offiziell mein Freund oder Lebensabschnittspartner, wie es heute genannt wird, aber es sieht so aus, als ob wir uns bald so nennen könnten. Hab ich dich jetzt neugierig gemacht? Na, dann werde ich dich nicht länger auf die Folter spannen: Bernd hat ein Wellness - Wochenende für uns beide gebucht! Ich bin so aufgeregt! Vorsichtshalber hat er zwei Einzelzimmer reserviert, aber nur zur Tarnung, wir sind schließlich nicht verheiratet. Was soll das Personal denken? Nachdem er mir das mitgeteilt hatte, konnte ich die halbe Nacht nicht schlafen.

In den nächsten Tagen muss ich einkaufen gehen, ich brauche neue Unterwäsche! Wenn du hier wärst, liebe Gabi, würdest du mir doch bestimmt helfen, die richtigen Dessous auszusuchen, nicht wahr? Ich bin in der letzten Zeit ein bisschen öfter ins Schwimmbad gegangen und habe jetzt eine leichte Bräune, allerdings nur an den Beinen, Schultern und Armen. Mein Bauch sieht käsig aus, weil ich normalerweise einen geschlossenen Badeanzug trage. In meinem Alter schickt es sich nicht mehr, Bikini zu tragen. Was meinst du dazu, Gabi? Du kannst dir das vielleicht leisten, du bist schlank und rank im Gegensatz zu mir. Ich würde gerne meinen Körper gegen deinen tauschen. Oder ich muss jetzt fleißig in einer Woche ein paar Kilos abstrampeln und den Bauch straffen. Nein, nein, nicht beim plastischen Chirurgen. Im Fitnessstudio, versteht sich. Obwohl, in so einer kurzen Zeit wird es wohl nichts. Da muss ich wahrscheinlich schon heute zu einem Fußmarsch nach Sankt Peter - Ording aufbrechen (dort liegt nämlich das Wellness - Hotel), um am Ziel fünf Kilo leichter zu sein. Bei dem Gedanken wird mir schlecht. Mit Fitness bin ich auf Kriegsfuß, das weißt du.

Ins Sonnenstudio werde ich gerne gehen, eine gleichmäßige Ganzkörperbräune wird einiges an meinem Körper retuschieren. Und dann kann ich mich ungeniert vor Bernd ausziehen.

Ach, die Unterwäsche! Liebe Gabi, welche soll ich kaufen? Rote, schwarze, blaue? Nein, keine blauen Dessous, die würden meine Adern noch stärker im Licht schimmern lassen, kein schönes Bild. Rot ist zu erotisch, oder? Schwarz ist klassisch, da bin ich auf der sicheren Seite.

Ich bin total durch den Wind, ich muss mich beim Kofferpacken konzentrieren, um nicht das Wichtigste zu vergessen: Zahnschiene, Schuheinlagen, Medikamente, Antimückenspray, Sonnenmilch, Lesebrille, Schlafbrille, Ohrstöpsel, Kreditkarte, Handy, Ladegerät, Kopfkissen, eine kuschelige Decke, Wollsocken. So, jetzt hab ich alles, was auf dem Zettel steht! Mein Koffer mit seinen 79 Zentimeter Höhe sieht ein bisschen zu wuchtig aus, aber ich muss noch die Kosmetiktasche und mindestens vier Paar Schuhe dort verstauen.

Ich sehe schon dein Stirnrunzeln: Wozu so viel? Aber das ist mein Motto: besser zu viel als zu wenig. Außerdem, wenn wir da noch einen Tag länger bleiben werden ... ? Ich wäre nicht traurig darüber. Habe ich das schon erwähnt?

Fast hätte ich das Wichtigste vergessen: Kondome! Ich weiß nicht, ob Bernd daran denkt. Ob er überhaupt an Sex denkt? Wenn ich das wüsste! Dich kann ich ja nicht fragen, du kennst ihn nicht. Und wahrscheinlich denkst du, dass es viel zu früh ist, um mit Bernd ins Bett zu steigen. Ich kenne deine Meinung. Aber Gabi, ich bin, ehrlich gesagt, so durch den Wind und so verliebt, dass ich es herausfinden möchte: Wird aus uns beiden ein Paar oder nicht? Sonst habe ich keine Ruhe. Also Gabi, wenn du von mir eine Weile lang nichts hörst, weißt du, ich bin im siebten Himmel. Ich schreibe dir, wenn ich wieder zuhause bin.

Lieben Gruß an deinen Nachbarn. Wie heißt er nochmal? Ach ja, Franz, so ein altmodischer Name. Aber wenn du mit ihm klarkommst, von mir aus. Hast du ihm bei seiner Einladung unter die Arme gegriffen? Mit Besteck, meine ich. Denn du hast doch geschrieben, dass seine Wohnung ein bisschen „rumpelig" ist. Oder hast du einen Kuchen für ihn gebacken, ich meine, für die Nachbarschaft? Deinen Apfelkuchen mag ich übrigens auch sehr.

Ich muss los zum Frisör, zur Fußpflegerin und Unterwäsche kaufen.

Deine bis über beide Ohren verliebte  Lis

22.09.2018

Liebe Lis,

was dein „Freund" beabsichtigt, ist sonnenklar: Er will dich flachlegen, wie man so schön sagt, und er möchte keine Zeit verlieren. Mach es ihm bitte nicht zu leicht. Du solltest erst noch weitere Erkundigungen über ihn einziehen. Vielleicht ist er ein Heiratsschwindler. Wenn er gut aussieht und über gute finanzielle Verhältnisse verfügt, dann ist er in dem Alter ein seltenes freilaufendes Exemplar, sehr begehrt bei den Damen deines Alters und auch bei jüngeren. Wieso streift er noch unbeweibt durch die Gegend, und das an einem Ort, wo es vor einsamen weiblichen Herzen nur so wimmelt?

Ich habe mal gegoogelt, da gibt es eine kleine Agentur bei dir zuhause, „Privatdetektei Meyer & Söhne" nennt sie sich. Diese Agentur hat einen guten Ruf und ist auch nicht zu teuer. Der Inhaber verlangt 200€ am Tag. Das sollte es dir wert sein. Außerdem: Im Vergleich mit der finanziellen Schädigung durch einen Heiratsschwindler fällt nur ein Bruchteil der Kosten an. Eine gute Freundin von mir lässt beispielsweise bei jedem Pferdekauf die große Ankaufsuntersuchung für 390€ machen, also mit Röntgen, und glaube mir, sie hat dadurch schon viel Geld gespart. Ich gebe zu, der Vergleich hinkt bzw. lahmt ein bisschen, aber nur ein bisschen.

Außerdem gefällt mir nicht, dass du meinst, dich für den Knaben so ins Zeug legen zu müssen. Damit lenkst du dich vom Wesentlichen ab. Es geht nicht darum, ob du ihm gefällst, sondern darum, ob er für dich der passende Partner ist. Und dafür sind eine genaue Beobachtungsgabe und ein gut funktionierendes Gehirn wichtiger als die Farbe und Festigkeit deines Bauches. Falls alle Stricke reißen, komme ich mal rüber und nehme deinen Bernd unter die Lupe, aber nur im Notfall.

Und nun zur Nachbarschaft: Mein Nachbar, Herr Franz Kobler, hat ja neulich die Hausgemeinschaft zu einem Kaffeetrinken eingeladen. Ich weiß übrigens nicht, ob er jetzt als Mieter oder vielleicht doch als Eigentümer in die Wohnung eingezogen ist. Ich wollte ihn auch so platt nicht danach fragen, das gehört sich nicht. Hier werden nämlich eigentlich alle Wohnungen von den Eigentümern selbst bewohnt, aber das nur am Rande.

Nun, ich habe dem Franz – ich sage inzwischen Franz und „Sie", das erscheint mir angemessen – angeboten, ihm mit Besteck auszuhelfen, was er dankend angenommen hat. Natürlich habe ich ihm nicht das 800er Silberbesteck von WMF überlassen, sondern das Partybesteck aus dem Schlussverkauf. Das wird ihm allerdings nicht weiter aufgefallen sein, er schien etwas durcheinander, das Tablett mit dem Kuchen war ihm hingefallen. Ich habe das Unglück schnell beseitigt und ihm gesagt, dass er ein frisches Hemd benötige, rein geruchstechnisch. Während er sich umgezogen hat, habe ich meine Notreserve Marmor- und Nusskuchen aus dem Vorrat geholt, und so war die Situation gerettet und Franz hat sich wieder beruhigt.

So ein alleinstehender Mann ist wirklich hilflos ...

Mit den Nachbarn verlief es zunächst auch recht harmonisch, es war ganz gemütlich. Die Abwesenden wurden genau besprochen und beurteilt, eigentlich war alles wie immer.

Bis es dann an der Tür schellte und der dürre Papagei aus dem Dachgeschoss vor der Tür stand, Frau Sonnen-Sittich, die in Kleidung, Gesichtsbemalung und Frisur ihrem Namen wieder alle Ehre machte. Ich habe dir schon von ihr erzählt: frühere Musikschullehrerin, lässt beim Einkaufen in der Boutique gerne mal die Bemerkung fallen, dass sie bereits auf die 70 zugeht. Wenn die Verkäuferin dann einen sehr erstaunten Gesichtsausdruck aufsetzen kann (unnatürlich weit aufgerissene Augen, Fischmaul und Schnappatmung), wird Frau Sonnen-Sittich ein sehr teures Teil kaufen und huldvoll ihre Adresse hinterlassen, um auf besondere Einzelstücke in Größe 34 schriftlich hingewiesen zu werden.

Nun, die besagte Dame, wie immer derart mit Parfüm übergossen, dass mir der Atem stockte, hielt zunächst noch an sich. Als Franz uns dann aber auf mehrfache Bitten einiger Nachbarn ein gefühlvolles Geigenstück vorgespielt hat – frag mich nicht, wie es heißt - da war Frau Sonnen-Sittich nicht mehr zu bremsen. Flügelschlagend näherte sie sich dem armen Franz (ja, das sah wirklich so aus, weil sie so fuchtelte, mit ihren dürren Armen, die in scheußlich bunten, durchsichtigen, blütenähnlichen Ärmeln steckten) und nahm ihn komplett in Beschlag: Sie wäre ja auch ganz besessen von Musik, sie würde schon seit 50 Jahren Klavier spielen, das Gitarrenspiel wär ihr auch nicht fremd, sie müssten dringend zusammen musizieren.

Der arme Franz! Er kam erneut mächtig ins Schwitzen! Ich habe die ganze Zeit versucht, ihm unauffällig Zeichen zu geben, dass er wieder sein Hemd wechseln müsste. Die gemütliche Stimmung war natürlich zum Teufel, und die Nachbarn gingen dann nach und nach. Ich aber nicht, ich wollte nämlich mein Besteck und die Kuchenplatten wieder mitnehmen, was ich dann schließlich auch geäußert habe. Das hat Frau Sonnen-Sittich schließlich dazu veranlasst, mit widerwilligem Gesicht abzurauschen, und ich konnte meine Platten und mein Besteck in aller Ruhe einsammeln.

Anschließend hab ich dem Franz noch beim Aufräumen geholfen. Zu der Sonnen-Sittich konnte ich ihm leider keinen Kommentar entlocken. So weit von mir.

Bis dann!


Liebe Grüße von deiner Gabi (gerne auch an deine Familie, aber nicht an Bernd!)

Liebe Gabi,

eigentlich wollte ich dir erst nach meinem Urlaub schreiben, aber dein besorgter Brief hat mich mehr aufgewühlt, als mir lieb ist. Verzeih bitte, aber die Vorstellung, Bernd könnte ein Heiratsschwindler sein, ist absurd. Und der Gedanke, Geld könnte das Einzige sein, was ein Mann an mir interessant findet, kränkt mich. Und deine Ausdrucksweise, Bernd wolle mich doch bloß *flachlegen,* passt nicht in dein Vokabular, liebe Gabi. Wo hast du das denn aufgeschnappt? Muss ich mir Gedanken über deine sozialen Kontakte machen?

Ich wünsche mir, liebe Gabi, dass du mich besuchen kommst und ihn persönlich kennen lernst. Ich wette, du wirst ihn auch sehr mögen. Bernd ist nett, charmant und wortgewandt. Bisher zeigte er sich immer großzügig. Er bezahlte unsere Ausflüge, Konzertkarten und Tanzveranstaltungen. Ja, es ist schon mal passiert, dass er sein Portemonnaie vergessen hat und ich unser Abendessen beim Italiener bezahlen musste. Aber das kann doch jedem passieren. Er macht mir oft Komplimente, und dass sein Interesse an mir nicht bloß platonischer Natur ist, zeigt er mir auch deutlich. Ich habe es so vermisst, begehrt zu werden.

Jetzt muss ich wirklich los, um drei muss ich Bernd abholen und davor noch tanken. Wir fahren mit meinem Golf, Bernds Ferrari ist in der Werkstatt. Und dass mein Koffer in seinen Sportwagen reinpasst, bezweifelt Bernd. Ich habe seinen Wagen noch nicht gesehen, kann also nicht abschätzen, wie groß der Kofferraum ist.

Ich freue mich wahnsinnig auf unser romantisches Wochenende und bin voller Erwartungen. Und Gabi, sei mir nicht böse, aber mit deiner Idee, einen Detektiv zu engagieren, der Bernd auf links drehen soll, liegst du total daneben. Ich hab dir zuliebe gegoogelt: Bernd Fuchs war ein Unternehmer. Es gibt nichts Verdächtiges über ihn im Internet zu finden. Also, so sehr ich deine Fürsorge schätze, liebe Gabi, aber es gibt wirklich keinen Grund, Bernd unseriöse Absichten zu unterstellen.

Und nun zu deinem Bericht von der lustigen Party, die Herr Kobler organisiert hat. Ich habe mich schlapp gelacht! Frau Sonnen-Sittich scheint ein komischer Vogel zu sein. Solche Frauen sind wie Kletten, wenn sie es auf jemanden abgesehen haben. Und es scheint so, als wolle sie sich Herrn Kobler angeln. Konntest du dein Besteck wenigstens retten? Ich wusste gar nicht, dass du an deinem Sommerschlussverkaufsschnäppchen so innig hängst.

Jetzt muss ich mich wirklich verabschieden. Ich habe solchen Hunger! Seit dem Frühstück habe ich nichts gegessen. Ich spare mir den Hunger für den heutigen Gala - Abend auf, bei Kerzenlicht und Musik, so steht es in unserem Programm.

Ich habe mir extra ein Kleid aus dunkelblauer Seide von Kenzo für diesen Abend gekauft. Sauteuer, aber Qualität hat ihren Preis, nicht wahr? Und für dich, ganz im Vertrauen: Das Kleid war von 1200 auf 390 Euro reduziert und damit genauso teuer wie die große Ankaufsuntersuchung eines Pferdes, allerdings beinahe doppelt so kost-spielig wie der preisgünstige Detektiv von „Meyer & Söhne". Und doch bin ich sicher, mein Geld richtig angelegt zu haben: Das Kleid benötigt weder Tierarzt noch Hufschmied, verursacht demnach, bis auf die Reinigung, kaum Folgekosten. Da es zeitlos ist, kann ich es öfter anziehen, habe also lange etwas davon, im Gegensatz zu dem Detektiv, der für 390 € nur knapp zwei Tage für mich tätig wäre.

Und einen sündhaft teuren Sonnenhut habe ich mir auch gekauft: cremefarben mit breiter Krempe und blauem Band aus Seide. Passt perfekt zum Kleid und zu vielen anderen Sachen.

Ich finde, ich sehe fantastisch damit aus.

Grüß mir Herrn Kobler unbekannterweise.

Deine auf Wolke 7 schwebende Lis

23.09.2018

Liebe verliebte Lis,

wie du weißt, bin ich eher für Bodenhaftung und mag die Wolken nur als Schattenspender bei sommerlicher Hitze.

Zu diesem - hoffentlich nicht „deinem" - Bernd: Heirats-schwindler lieben eben vor allem das Geld, egal, wie nett ihre Opfer auch sein mögen. Die häufig hochklassigen Au-tos dieser Herren fahren besonders gerne in die sehr teure Fachwerkstatt. Somit werden sie für die Damen leider un-sichtbar. Aber wer weiß, vielleicht sind die lebhaften Schil-derungen eines solchen Fahrzeugs und seiner rasanten Möglichkeiten noch viel aufregender als die Fahrt selbst. Vielleicht ist der Blick in die — möglicherweise blauen, ge-wiss jedoch blitzenden — Augen des Geschichtenerzählers bei der lebhaften Schilderung seines edlen Gefährts, bei der fesselnden, sinnlich ergreifenden plastischen Darstellung des hochwertigen Leders der handgenähten Sitze viel anregender und unterhaltsamer, als in dem Fahrzeug selbst seine Kurvenschnittigkeit in Schräglage bewundern zu müssen.

Wieso, liebe Lis, lässt du dir übrigens den Besuch irgendwelcher Veranstaltungen bezahlen? Das hast du doch nicht nötig. Außerdem gehst du damit undefinierte Verpflichtungen ein. Ist der Wellnessurlaub eigentlich schon bezahlt? Wenn ja, von wem? Soweit zum lieben Geld.

Und jetzt zur Sprache: Du hast kritisiert, dass ich behauptet habe, Bernd wolle dich „flachlegen". Schaut man im Duden nach, so findet man als Bedeutung für „flachlegen" u. a.: „jemanden bewusstlos schlagen, niederstrecken" oder „mit jemandem koitieren", auch abwertend gebraucht. Wie du siehst, habe ich das Wort ganz bewusst gewählt: Der Heiratsschwindler beraubt sein Opfer zunächst seines gesunden Menschenverstandes (raubt ihm sein Bewusstsein), um sich anschließend seines Körpers zu bemächtigen (und natürlich des Vermögens).

Bei Heiratsschwindlerinnen würde man dann vom spinnengleichen Einwickeln der potentiellen Beute sprechen. Ich habe gerade das zweifelhafte Vergnügen, dem dürren Papagei, dieser Sonnen-Sittich, bei derlei Attacken zusehen bzw. zuhören zu müssen. Schon an zwei Abenden in der letzten Woche musste ich aus der Wohnung des armen Franz ihre kreischende Lache vernehmen und vor allem: unentwegt diese schreckliche Stimme, übrigens deutlich höher als sonst. Es ist einfach nur schlimm. Ihn höre ich gar nicht, wahrscheinlich kommt er nicht dazwischen. Sie bespricht ihn erbarmungslos, ohne jede Pause. Leider bzw. glücklicherweise konnte ich gar nichts verstehen, also hab ich dann mal den Fernseher schön laut gedreht ...

Im Ganzen ein langweiliger Abend!

Was sie von ihm will, weiß ich wirklich nicht. Nun, er ist nicht hässlich, hat auch noch ziemlich viele Haare, zauselige Silberlöckchen, ein gleichmäßiges Gesicht – etwas zu weiblich, wenn du mich fragst – und würde weder als Gartenzwerg noch als Dickmoppel durchgehen. Aber Geld hat er bestimmt nicht, sonst hätte er bessere Möbel, und das ist doch das Einzige, was die Sonnen-Sittich interessiert. Ein Auto scheint er übrigens auch nicht zu besitzen, ich habe auf jeden Fall noch kein anderes Auto auf unserem hauseigenen Parkplatz bemerkt, es sei denn, er hätte eine Garage. Da werde ich ihn einfach mal nach fragen. Ich glaube, ich lade ihn für nächste Woche Dienstag zum Kaffee ein (dann fällt nämlich Doppelkopf aus). Und bei der zweiten Tasse werde ich ganz nebenbei ein paar Kleinigkeiten über die Sonnen-Sittich anbringen. Den armen Kerl darf man doch nicht ohne jede Warnung in sein Unglück laufen lassen. Was meinst du?

Verzeih mir übrigens den giftigen Briefanfang. Ich hatte da noch das schrille Gekreisch von der Sonnen-Sittich im Ohr und echt schlechte Laune. Jetzt geht's aber wieder.

Ich hoffe, dass du dein Wellness-Wochenende möglichst unbeschadet überstehst. Ich bin schon ganz gespannt auf deinen nächsten Brief.


Deine Gabi

24.09.2018

Liebe Gabi,

in deinem Brief beteuerst du zwar, eher für Bodenhaftung zu sein, doch schon im dritten Satz hebst du ab in elitäre Höhen. Dein Beruf fehlt dir sehr? Jedenfalls schlägt dein Germanistikstudium mal wieder voll durch, so dass ich einige deiner Sätze zweimal lesen musste, um ihren Sinn zu verstehen. Du kannst dich sehr originell und kompliziert ausdrücken und das alles mit einer gehörigen Portion Gift gepaart. Ich weiß, das machst du nicht, um mich zu ärgern. Du glaubst, Bernd würde mir Unheil bringen, bist über meinen Leichtsinn verärgert und weichst keinen Millimeter von deiner Position ab.

Das macht mich schon nachdenklich, aber, meine liebe Gabi, ich bin jetzt mittendrin in meinem vielleicht letzten Liebesabenteuer, und verzeih mir, das möchte ich bis zum Ende auskosten, egal, was kommt.

Und nun zu unserem Wellness - Wochenende. Es begann etwas chaotisch und hat mich an die Zeit mit meinem ersten Ehemann Anton erinnert. Mit ihm erlebte ich die lustigsten Abenteuer, wenn wir mit dem Auto unterwegs waren. Es fing immer mit den Worten an: „Ich kenne eine Abkürzung", und - zack! - landeten wir auf einem Acker oder in einer Sackgasse.

Dass mir mit Bernd so etwas Ähnliches nochmal passieren würde, hätte ich nicht gedacht. Er meinte auch die Gegend wie seine Westentasche zu kennen. Dem war aber nicht so. Wir landeten auf einem Feldweg. Beim Wenden rutschte der Wagen in ein Schlammloch dicht vor einem Graben, und da saßen wir erst einmal fest. Weit und breit kein Mensch und kein Auto. Aber Bernd gab nicht so schnell auf. Er hat mich in den Kofferraum gesetzt und schaffte es mit wenig Gas rückwärts aus dem Graben heraus. Das war doch clever, nicht?

Mit schlammbespritzten Klamotten und zwei Stunden später als erwartet erreichten wir schließlich unser Reiseziel. Den Cocktailempfang mit allen anderen Gästen haben wir verpasst. Zwei junge Damen von der Rezeption begrüßten uns mit zwei Gläsern Sekt und strahlten uns um die Wette an. Unsere verschlammten Schuhe und Hosen übersahen sie diskret und höchst professionell. Bernd ist dort kein Unbekannter, er wurde sehr herzlich mit Namen begrüßt. Ich bekam einen Schlüssel für das Zimmer mit dem Namen *Lea* und Bernd mit dem Namen *Marvin*. Die Inhaber des Hotels bezeichnen die Zimmer mit den Namen ihrer Kinder und Enkelkinder. Süß, nicht?

Ich werde dich mit der Zimmerbeschreibung nicht langweilen, schick und zeitlos ist es eingerichtet, mit viel Holz und flauschigen Sitzmöbeln. Ich war so froh, mich endlich duschen zu können. Die schlammbespritzten Kleider und Schuhe hab ich gleich in einem Plastiksack verstaut und zum Auto gebracht, gewaschen wird zuhause.

Und nun zum Gala - Dinner, dem Genuss in sechs Gängen. Ich habe für dich ein Programm mit dem Menü aufgehoben, ich schicke es mit dieser E-Mail. Da kannst du sehen, was der Küchenchef für uns zubereitet hatte. Etwa dreißig

Gäste feierten mit uns an diesem Abend, mit Musik und Varieté bis in die Nacht hinein. Wir haben so viel getanzt, dass mir die Füße wehtaten. Als ich vom stillen Örtchen zurückkam, war Bernd nicht an unserem Tisch. Er stand am Tresen, eine Blondine neben ihm. Sie unterhielten sich meinem Empfinden nach etwas zu angeregt. Ich fand es seltsam. Warum diskutierte Bernd so engagiert mit einer unbekannten Dame? Oder waren bzw. sind sie sich gar nicht so unbekannt? Mir fällt gerade ein, dass ich die Dame im Fahrstuhl gesehen habe, als wir unterwegs zum Restaurant waren. Dort ist mir allerdings nicht aufgefallen, dass die beiden sich kennen. Sie haben sich nicht einmal begrüßt und keines Blickes gewürdigt. Und jetzt redeten sie so intensiv miteinander?

Mit meinem berufsbedingt kritischen Blick schaute ich die Dame, wenn auch aus der Ferne, sehr genau an. Und stell dir vor: Sie trug zu ihrem blonden Haar ein gelbes Kleid! Und das als Frühlingstyp, mit hellen Haaren (bestimmt blondiert) und höchstwahrscheinlich grünen oder blauen Augen, das konnte ich nicht so genau erkennen. Apricot, Türkis oder Grün, die Töne hätten gepasst, aber doch bitte nicht Gelb!

Ich habe sofort an „deine" Frau Sonnen-Sittich gedacht, die, deiner Beschreibung nach, auch kein Gefühl für Farben hat. Außerdem, zum harmonischen Gesamtbild gehören die Länge und der Schnitt des Kleides. Frau Sonnen-Sittich Nr. 2 trug ein Kleid, das ihr viel zu eng war und ihre weniger vorteilhaften Kurven betonte. Absoluter Fehlgriff! Man sah sofort, sie wollte oder konnte sich keine Stilberatung leisten. Ich hätte ihr geraten, einen schwingenden Rock oder weit geschnittene Hosen zu tragen.

Du würdest jetzt bestimmt sagen: *Jede kann das tragen, was sie für richtig hält, unabhängig von Alter, Gewicht, sozialem Status und so weiter ...*

Selbstverständlich! Und ich kann mich für meine Kritik nur damit entschuldigen, dass ich meinen Beruf vermisse. Wenn ich so eine Geschmacksverirrung sehe, möchte ich gerne etwas dagegen tun. Aber Frau Sonnen-Sittich Nr. 2 würde ich dumm sterben lassen, denn vor ihr stand Bernd und redete wild gestikulierend auf sie ein. Und ich glaube nicht, dass es um ihre Garderobe ging!

Natürlich brannte ich darauf zu erfahren, was da zwischen den beiden lief. Du meinst bestimmt, ich hätte geradewegs hingehen und Bernd fragen sollen, ob er mich nicht vorstellen wolle. Aber Bernd ist nicht mein Ehemann, nicht mal mein Lebenspartner! Er soll nicht denken, dass ich ihm nachspioniere. Das will ich nicht!

Allein am Tisch zu sitzen, das kam mir allerdings auch blöd vor. Ein älterer Herr in anthrazitfarbenem Anzug mit rosa Fliege auf einem blauen Hemd hatte meine Situation anscheinend erkannt. Er kam auf mich zu und fragte mich, ob ich mit ihm tanzen wollte. Ich willigte ein. Warum auch nicht? Die Kapelle spielte gerade einen schwungvollen Disco-Fox, meinen Lieblingstanz, und der alte Herr hatte sich nach allen Regeln der Kunst stilvoll gekleidet und benommen. So etwas entgeht mir nicht! Er war mir auf Anhieb sympathisch. Aber da tauchte Bernd plötzlich auf und stellte sich als mein Begleiter vor, so dass sich der Herr höflich zurückzog.

Ich weiß nicht, ob Bernd das Recht dazu hatte, was meinst du? Du kennst dich im Knigge doch sehr gut aus.

Für einen Moment überdeckte dieses Manöver die vielen Fragezeichen, die sich inzwischen in meinem Kopf angesammelt hatten. Erst später erinnerte ich mich wieder daran, und zwar auf der Damentoilette, wo Frau Sonnen-Sittich Nr. 2 neben mir vor dem Spiegel stand und ihre Lippen nachzog, übrigens mit einer schrecklichen Farbe. Fast hätte ich Raum und Zeit vergessen und ihr einen von meinen fünf Lippenstiften geborgt. Ihr durchdringender Blick bremste mich jedoch rechtzeitig: Wir standen in der Damentoilette und nicht in meinem ehemaligen Kosmetiksalon. Von nahem sah sie übrigens hübscher und jünger aus. Ich schätze sie auf etwa 45, sie könnte Bernds Tochter sein. Theoretisch. Aber seine Tochter habe ich bereits kennengelernt. Die Dame in Gelb muss Bernd sehr nahestehen, die beiden haben so vertraut miteinander geredet - so „intim"! - wie Menschen, die sich sehr gut kennen. Eine Geliebte? Belügt Bernd mich etwa?

Obwohl ich aufgewühlt war, redete ich mit Bernd an diesem Abend nicht über den Vorfall. Solche unangenehmen Fragen verschiebe ich gerne auf später. *Ein Fehler*, würdest du wohl wieder mal sagen. Aber ich hatte meine Gründe. Von diesem Abend erwartete ich etwas ganz anderes: unsere erste gemeinsame Nacht! In meinem Zimmer lag schon eine Tasche mit Nachtutensilien, der NaBUKo (der *Nacht-und-Beischlaf-Utensilien-Koffer*), wie mein erster Ehemann Anton diese Tasche bezeichnete): Er enthält ein schickes Nachthemd, eine Zahnbürste, Nachtcreme und Co.

Ich stellte mir vor: Bernd begleitet mich zum Zimmer und fragt mit einem ironischen Unterton:

„Und jetzt? Zu dir oder zu mir?"

Ich werde ganz bescheiden antworten:

„Geh schon mal vor, ich komme nach."

Ein leichter Schauder fuhr durch meinen Körper, als ich an diesen Moment dachte. Umso enttäuschter war ich, als nichts dergleichen geschah. Vor meiner Tür gab Bernd mir einen flüchtigen Kuss auf die Wange, mit den Worten: „Schlaf gut, morgen haben wir viel vor."

Ich senkte die Arme, die schon an Bernds Schultern lagen, und hauchte: „Du auch ...".

Im Zimmer setzte ich mich auf das Bett und grübelte: *Was war das denn gerade? Wo war seine Leidenschaft, mit der er mich seit fast zwei Monaten umworben hat? Seine Komplimente, seine Zärtlichkeit? Heute Abend war doch der richtige Moment, das alles auszukosten. Ein Rückzieher! Warum? Was habe ich falsch gemacht? Oder war Sonnensittich Nr. 2 schuld daran?*

Ich weiß nicht, wie lange ich so auf dem Bett gesessen habe, bevor ich ins Bad ging. Der NaBUKo-Koffer stand dort, vollgestopft und glänzend. Am liebsten hätte ich ihn in den Mülleimer geworfen, zusammen mit dem schicken Nachthemd. Aber was kann das gute Stück dafür? Er begleitet mich schon so lange, ein Überbleibsel von Anton. Weil ich es pflege, sieht es immer noch richtig gut aus.

Liebe Gabi, ich habe höchstens drei Stunden geschlafen, und heute Morgen kam ich total übernächtigt und müde zum Frühstück. Auf unserem Tisch lag ein Begrüßungsflyer des Hotelinhabers und seiner Mitarbeiter, mit Tipps für Veranstaltungen und einem Spruch des Tages. Heute wurde Graham Greene zitiert: *Keiner kommt von einer Reise so zurück, wie er weggefahren ist.* Das ist wohl wahr. *Diese* Reise wird ganz gewiss nicht spurlos an mir vorbeiziehen.

Bernd ist nicht zum Frühstück erschienen. Die Frau im gelben Kleid übrigens auch nicht ...

Ich nahm mir einen Teller und ging zum Frühstücksbuffet. Weißt du, was mir dort aufgefallen ist? Es gibt wirklich sehr unterschiedliche Menschen. Der eine nimmt von den Leckereien ganz zurückhaltend kleine Portionen auf seinen Teller, der andere so viel, wie irgendwie dort draufpasst. Mit anderen Worten ausgedrückt: Einer nimmt so viel, wie sein Gewissen erlaubt, der andere so viel, wie seine Frechheit gewöhnt ist, und hinterlässt halbvolle Teller mit nicht verwertbaren Resten. Und irgendwo hungern Menschen. Ach nein, ich wollte nicht so pathetisch sein. Aber mal ehrlich, schade, dass man im Supermarkt kein menschliches Gewissen und

Benehmen kaufen kann. Ab und zu möchte man es jemandem schenken.

Liebe Gabi, ich werde dir später alles genau beschreiben, jetzt gleich habe ich einen Massagetermin. Bernd ist immer noch nicht aufgetaucht. Soll ich an seine Zimmertür klopfen? Und was mache ich, wenn er mit dieser komischen Frau in dem Zimmer ist? Ich muss verrückt geworden sein. Was schwirren nur für dumme Gedanken durch meinen Kopf!

Wie geht es dir? Bereitet dir Frau Sonnen-Sittich weitere Unannehmlichkeiten? Hat sie schon Herrn Kobler um den Finger gewickelt? Liebe Gabi, schreib mir bald, ich bin mal wieder durch den Wind, aber so was von!

Deine verzweifelte Lis

PS: Die Menükarte anbei, allerdings ohne rechte Begeisterung, da mir gerade nicht nach Essen zumute ist.

# Menü

## Suppe
Süßkartoffel-Limetten-Suppe mit Kokosmilch, knusprige
Kichererbsen, Rote-Bete und Ingwer

## Vorspeise
Delikate Rinder-Carpaccio mit
gebratenen Gambas.
Geschmackliche Vereinigung aus Land und Meer.
Das Bett aus knackigem Salat rundet
diese Vorspeise hervorragend ab

## Zwischengericht
Gedünstete Lachsforellenfarce mit Shrimps
dazu trockenen Rose Wein

## Hauptgang
Kräuter- Filetsteaks  mit süßlich-herben
Rotwein-Schalotten
dazu Grüner Veltliner

## Dessert
Karibik- Torte mit Karamell, Banane,
Mango und Schokolade

## Süßer Abschluss
Frische Feigen in knusprigem Wein -Teig gebraten
dazu Mandelschaum

24.09.2018

Liebe Lis,

da bist du ja noch mal mit dem Schrecken davongekommen, sowohl auf der etwas unübersichtlichen Hinfahrt, die dir sogar einen Hauch von Abenteuer beschert hat – immerhin wurdest du schlammbedeckt im Kofferraum transportiert – als auch in der ersten Nacht im Hotel, in der du keinen zudringlichen Liebhaber abwehren musstest.

Glück gehabt! Auch insofern, weil dir nun sicher klar ist, dass dein Bernd ein Versager auf der ganzen Linie ist: Dich alleine am Tisch sitzen zu lassen, das ist wirklich das Letzte! Das weiß auch der ungeschliffene Student aus dem ersten Semester. Da muss niemand im Knigge blättern, das sagt uns bereits eine mittelmäßige Erziehung.

Außerdem ist dieser Bernd ein Blender, und dazu noch ein schlechter. Er täuscht Ortskenntnis nur vor, was sich aber sofort als dümmliche Angeberei offenbart, und zweifelsohne wird auch seine Leidenschaft vorgetäuscht sein. Damit möchte ich dich nicht kränken, denn das hat ausschließlich etwas mit ihm und nichts mit dir zu tun. Allerdings muss ihm irgendetwas Ungeplantes dazwischen gekommen sein, da die Aktion so durchsichtig blödsinnig abgelaufen ist. Das macht ihn fast wieder sympathisch, aber eben nur fast. Dass er keine gute Figur gemacht hat, muss ihm klar sein, denn sonst wäre er sehr dumm, und das wäre nun wirklich der Supergau. Ich bin gespannt, wie er sich aus dieser Nummer wieder herauswindet.

An deiner Stelle würde ich ihn übrigens auflaufen lassen, den letzten Abend und die letzte Nacht mit keinem Wort erwähnen, auch nicht so etwas fallen lassen wie: „Sehr gute Betten hier. Ich habe lange nicht mehr so gut geschlafen wie in der letzten Nacht." Das würde er selbst bei mittelmäßigem IQ als Schutzbehauptung auffassen und merken, dass du das nötig hast, weil du dich übersehen fühlst.

Also, du hast nach deiner letzten Mail an mich hoffentlich nicht an Bernds Tür geklopft, sondern deinen Massagetermin ausgiebig genossen. Such dir ein gutes Buch und ein nettes Plätzchen und hinterlass deinem verhinderten (Schlamm-) Hosenkavalier ein Zettelchen an der Rezeption, wo er dich finden kann.

Ich hab dir sofort geantwortet, damit du bloß keinen Fehler machst. Ich muss jetzt aber abbrechen, denn gleich wird der Franz zum Kaffee kommen, und ich habe festgestellt, dass die gemangelte Tischdecke so hässliche Kniffe hat. Die wollte ich noch kurz bügeln.

In leichter Sorge um dein Herz und deinen Verstand
deine Gabi
PS: Die Fortsetzung folgt heute Abend

Liebe Lis,

der Franz ist gerade wieder in seine Wohnung rüber, und ich schreib dir gleich mal, obwohl ich die Flecken noch gar nicht richtig aus dem Teppich raus hab, also die Kaffeeflecken. Aber immerhin, die Spülmaschine läuft schon, das ist immer so schön berieselnd und beruhigend.

Tja, was soll ich sagen, insgesamt ein sehr sonderbares Kaffeetrinken! Also, Franz kam relativ pünktlich (um 16:03, 16:00 war angesetzt), sah auch vernünftig aus, ordentlich gekämmt, soweit das bei seinen Haaren möglich ist, mit frischem Hemd, gebügelt und etwas nach Waschpulver riechend. Der Geruch kam mir bekannt vor.

Ich hatte den Tisch gedeckt: mit dem schlichten Artesano von Villeroy & Boch, (das gab es jetzt herabgesetzt für gut 150€ weniger). Als Kuchen hatte ich ein paar Teilchen von Dördelmann besorgt, also nichts selbst gebacken, ich wollte ja nicht gleich übertreiben. Dazu einen guten Kaffee Hag, Milch und Zucker. Was will man mehr? Ach so, ich hatte natürlich auch eine kleine Tischdekoration, die schöne rosafarbene Mini-Orchidee – tolle Kunstblume, ich hatte dir im letzten Jahr so eine zum Geburtstag geschenkt, du erinnerst dich? Insgesamt war nichts auszusetzen.

Trotzdem wirkte der Franz beim Anblick des Kaffeetischchens erstmal irgendwie überrascht, möglicherweise sogar peinlich berührt. Außerdem blickte er sich suchend um. „Mögen Sie keine Kunstblumen?", habe ich sogleich ganz schnell gefragt, um die seltsame Situation zu überbrücken. „Wie – Kunstblumen – wo?", kam es zögerlich zurück. In diesem Moment hat er mich an einen von den eher dümmeren Vätern erinnert, die mich am letzten Elternsprechtag meines Arbeitslebens dazu gebracht haben, den Beginn meiner Pensionszeit herbeizusehnen. Das waren die etwas höhere Stimmlage und die Art, wie er das „s" aussprach: Ich wusste plötzlich nicht genau, ob er lispelte, und damit war jede Befangenheit meinerseits wie weggeblasen. Außerdem war ich mir nicht sicher, ob sich in den Geruch des Apfelkuchens nicht bereits ein Hauch von frischem Schweißgeruch mischte. Und ich wusste, von mir kam der nicht.

Während ich also die Terrassentür öffnete, fragte ich mit der beruhigenden Stimmlage, die ich früher für die Fünferkandidaten perfektioniert hatte: „Franz, ist alles in Ordnung bei Ihnen?" „Ja, ja", meinte er, den Blick immer noch ziellos wandern lassend, „aber wo sind die anderen?" „Was für andere?", staunte ich nun meinerseits. „Ja, die anderen, die anderen Nachbarn." Aha, da lag also das Missverständnis. Er hatte wohl vermutet, dass alle Nachbarn kämen. Vielleicht hätte er sonst gar keine Zeit gehabt.

Dieser Gedanke erboste mich, warum auch immer. Ich habe mir natürlich nichts anmerken lassen, aber du kennst

mich, Güte und allgemeine Menschenliebe waren dahinge-
schmolzen.

„Lieber Franz, wir laden  nicht immer alle Nachbarn
ein, manchmal treffen sich auch nur zwei. Dann findet so
eine Art Paarbildung statt." Dabei habe ich mich zu ihm
vorgebeugt – er hatte sich inzwischen auf einen Stuhl fallen lassen, ich stand ihm gegenüber, neben meinem Stuhl
an der anderen Seite des Kaffeetisches – und habe ihm fest
und erbarmungslos in die Augen geblickt. Er guckte
schnell zur Seite und bekam rosige Wangen, und ich war
zufrieden und beschloss, mit dem Unsinn aufzuhören.

Deshalb sagte ich sehr freundlich, während ich ihm
Kaffee einschenkte: „Lieber Herr Kobler, das sind kleine
Scherze, die sich ältere Damen schon mal mit etwas jüngeren Herren erlauben. Bitte bleiben Sie ganz locker, aus
dieser Tür ist bis jetzt noch jeder Mann mit heiler Haut
herausgekommen, egal, welchen Alters." Dabei habe ich

ganz unbekümmert gelacht, mich dabei jedoch dummerweise verschluckt und einen Hustenanfall bekommen.

Es ging dann alles recht friedlich weiter, Franz entspannte sich nach und nach, und ich habe Folgendes rausgekriegt: Franz arbeitet gelegentlich in irgendeinem Orchester (den Namen habe ich schon wieder vergessen), ansonsten fährt er Medikamente für Apotheken herum, damit er kranken- und rentenversichert ist. Das Apothekenfahrzeug darf er sich in Ausnahmefällen auch leihen, da er den Apotheker von früher wohl gut kennt. Seine Lebensgefährtin, eine Physiotherapeutin, die ihre Patienten immer im Wohnzimmer behandelt hat (und die gemeinsame Lebensführung wahrscheinlich finanziert hat!!!), ist vor kurzem verstorben und scheint ihm außer einer hochwertigen Massageliege nebst Zubehör nichts hinterlassen zu haben. Die verstorbene Physiotherapeutin hat wohl auch Schneiders behandelt, so dass diese ihm die Wohnung zum günstigen Kurs vermietet und auch auf eine Kaution verzichtet haben. So weit, so bedauerlich.

Und dann passierte Folgendes: Ich habe ihn gefragt, ob er eine Waschmaschine hätte, und wollte ihm schon meine Maschine anbieten, da meinte er, dass die nette pensionierte Musikschullehrerin von oben sich bereit erklärt hätte, für ihn die Wäsche zu machen, wenn er ihr die Grundzüge des Geigenspiels beibrächte. Daher auch der Waschpulvergeruch seines Hemdes! Irgend so ein Billigzeug! In dem Zusammenhang habe ich - ganz unabsichtlich - den Tisch bewegt, als Franz gerade den Kaffee absetzen wollte, so dass die Kanne umfiel (ist heil geblieben) und sich der Kaffee quer über den Tisch ergoss und auf den hellgelben Teppich spritzte. Anschließend war der gute Franz dann damit beschäftigt, auf den Knien mit einer Wurzelbürste die Flecken mit Teppichschaum zu bearbeiten. Leider sind sie noch nicht ganz weg. Er wollte sich drum kümmern. Mal sehen.

So, jetzt muss ich aufhören. Ich will sehen, ob ich die Kaffeeflecken aus der guten Decke herausbekomme. Ansonsten müsste ich Frau Sonnen-Sittich als Expertin in Reinigungsfragen um Rat fragen.

(das Zeichen habe ich von einer netten jungen Ex-Kollegin).

Bis dann!


Deine Gabi

25.09.2018

Liebe Gabi,

es tut mir leid für dich, dass deine Kaffeestunde mit deinem Nachbarn so unglücklich verlaufen ist. Kaffee hinterlässt auf einem hellen Teppich hässliche Flecken, das kenne ich aus meiner Erfahrung. Nur ein kleiner Tipp: Ihr solltet nächstes Mal Champagner trinken. Aber am meistens hat mich die Geschichte mit der dürren Sonnen-Sittich geärgert. Sie entwickelt sich zu einem frechen Raubvogel in Gestalt einer Musiklehrerin, die deinen Nachbarn um den Finger gewickelt hat. Sie wäscht seine Kleidung? Was kommt als Nächstes? Wird sie ihn womöglich noch verarzten, wenn er mal Schnupfen hat? Herr Kobler oder Franz (ihr seid schon per du?) lässt sich manipulieren und reitet in sein Unglück. Ich finde, es ist deine Pflicht, ihn davor zu bewahren.

Zurück zu mir und Bernd. Natürlich habe ich nicht an Bernds Zimmertür geklopft, dafür habe ich zu viel Feingefühl, aber ich hinterlegte ein Zettelchen für ihn an der Rezeption, mit dem Hinweis, wo er mich finden konnte (so wie du mir geraten hast).

Liebe Gabi, die Sache mit Bernd läuft aus dem Ruder. Er erschien auch nicht zum Mittagessen, dafür traf ich am Nachmittag im Fitnessraum die Frau in Gelb.

Ich habe sie sofort erkannt, obwohl sie einen weißen Bademantel trug und ihre blonden Haare zu einem unordentlichen Knoten im Nacken zusammengebunden hatte. Ich wollte vorbeigehen, ohne ihr zu zeigen, dass ich sie erkannt habe, aber irgendetwas hielt mich zurück. Sie sah unglaublich sexy aus! Und was mich erstaunte, sie war sich ihrer Attraktivität bewusst, mehr noch, sie schien ihren Auftritt zu genießen. Es war dieses Selbstbewusstsein – natürlich und authentisch, wenn das Gesicht Falten hat, die Figur keine perfekten Maße zeigt, die Haare unordentlich und nass herabhängen, sie selbst schläfrig und müde scheint. Im Ganzen wirkte sie trotzdem verführerisch oder gerade deswegen, weil sie nicht gestylt war, weil alles an ihr sagte:

*Ich hab's nicht nötig!* Auch als Frau kann man das nicht übersehen.

„Guten Morgen!", begrüßte sie mich und blieb stehen. Sie hat eine klare und wohlklingende Stimme, noch ein Pluspunkt für sie. Stimmen wirken magisch auf mich.

„Ich bin Hanna Meier. Verzeihen Sie bitte, aber wissen Sie, wo Bernd ist? Ich muss ihn unbedingt sprechen."

„Nnnein", stotterte ich, völlig überrascht, dass sie mich ansprach.

„Ich bin seine Steuerberaterin und nicht seine Geliebte, wie Sie sich vielleicht gedacht haben."

Sie lächelte höflich. Ich weiß nicht warum, aber ich habe ihr sofort geglaubt. Und gleich schämte ich mich für mein überhebliches Vorurteil vom Vortag.

„Wir waren heute zum Frühstück verabredet, aber er ist nicht gekommen. Wann haben Sie ihn zum letzten Mal gesehen?"

*Unverschämtheit! Was geht Sie das an!?* Das hätte ich ihr am liebsten ins Gesicht geworfen und mich mit hocherhobenem Haupt von ihr entfernt, sie einfach stehen lassen. Als ob ich im Hotelflur mit ihr über meine privaten Angelegenheiten plaudern würde! Damit würde ich nur hässliche Gerüchte über Bernd und mich in die Welt setzen. Sie würde es nämlich ganz bestimmt weitererzählen, eben typisch Frau: Die meisten von uns lieben Klatsch. Du siehst, ich schließe mich da nicht aus.

Ich habe mich jedoch mit zickigen Antworten zurückgehalten, ich kann mich benehmen. Außerdem hoffte ich auf Hinweise zu Bernds geheimnisvollem Verschwinden. Leider vergeblich! Frau Meier schien ebenfalls völlig ahnungslos zu sein. Sie hat mir nur verraten, - nachdem sie von mir verlangt hat, die Sache diskret zu behandeln - dass sie in seinen Steuerunterlagen einige Unstimmigkeit gefunden hat und, schlimmer noch, dass auch das Finanzamt darüber Bescheid weiß.

„Nein, nein, nicht direkt Steuerhinterziehung, aber er ist mit etlichen tausend Euro in Verzug", versuchte sie mich gleich zu beruhigen, als sie den Schreck in meinen Augen sah.

Das überraschte mich tatsächlich, ich hatte bisher nicht das Gefühl, dass Bernd Geldprobleme hat: schickes Haus, Ferrari (oder ist es ein

Porsche?). Gesehen habe ich das Auto nicht, aber warum hätte er mich belügen sollen? Nein, ich konnte und wollte mir nicht vorstellen, dass Bernd ein Lügner oder gar ein Krimineller wäre. Aber warum sollte Frau Meier mich anlügen? *Ist sie überhaupt seine Steuerberaterin?*, zweifelte ich plötzlich.

Ich verabschiedete mich schnell von Frau Meier und eilte in mein Zimmer. Mir platzte der Kopf von all diesen neuen Erkenntnissen. Hätte ich mich auf das Gespräch über Bernd mit dieser mir doch fremden Frau überhaupt einlassen dürfen? Hatte ich Bernd möglicherweise geschadet? Ich würde in Zukunft vorsichtiger sein, entschied ich.

Ich nahm eine Aspirin - Tablette und legte mich aufs Bett. Als ich wach wurde, war es dunkel im Zimmer. Am liebsten wäre ich im Bett liegen geblieben, aber die Hoffnung, Bernd wäre wieder da, beflügelte mich. *Bestimmt sitzt er schon an unserem Tisch, hat Wein bestellt und wartet auf mich. Und alles ist nur ein Missverständnis.* Ich zog mich an und ging zum Abendessen.

Bernd war wieder nicht da und ich saß allein am Tisch und stocherte ohne Appetit auf meinem Teller herum, einsam und unglücklich. Hanna Meier, ebenfalls ohne Begleitung an ihrem Tisch, schaute mich fragend an und ich schüttelte den Kopf. Sie nickte und ich verstand: Sie hatte auch nichts Neues zu berichten. Das schön angerichtete Carpaccio aus Saibling mit Tomaten, Parmesan, Basilikum, Kresse und frischem Baguette dazu blieb beleidigt auf meinem Teller liegen, als ich aufstand und das Restaurant verließ.

Unterwegs zu meinem Zimmer stand ich eine Weile ich vor Bernds Zimmertür und lauschte. Keine Geräusche oder Stimmen waren zu hören. Vorsichtig klopfte ich an die Tür. Nichts. Ich wartete einen Moment und klopfte noch einmal. Wieder nichts.

Zurück in meinem Zimmer schaltete ich den Fernseher an, um die Nachrichten zu hören. Insgeheim hoffte ich, etwas zu erfahren, was eventuell das Verschwinden von Bernd erklären könnte: eine Leiche am Strand, im Wald oder im Swimmingpool. Alles war mir lieber, als ohne ein Wort verlassen zu werden. Aber es gab keine Leiche, nirgendwo. Kaum waren die Nachrichten vorbei, begann der *Tatort*. Und gleich rissen sich zwei Gestalten die Kleider vom Leib, tobten im Flur wie tollwütig, stießen sich am Türrahmen und wälzten sich in ihrer sexuellen Erregung auf einem Küchentisch. Diese überdrehte Krimi-Einleitung dauerte mindestens zehn Minuten. Mich beschäftigte die ganze Zeit die belanglosen Fragen, ob es auf einem Holztisch nicht ein bisschen unbequem ist und ob die Frau dabei blaue Flecken bekommt. Oder sogar Knochenbrüche?

Ja, liebe Gabi, auch meinen letzten Abend verbrachte ich allein und unberührt in diesem Nobelhotel in meinem Zimmer. Du brauchst dir um mich wirklich keine Sorgen machen, dass ich „meine Unschuld" durch diesen Blender (wie du ihn genannt hast) verliere. Ich werde jetzt meinen Koffer packen, denn ich muss morgen früh schon um 10 Uhr auschecken. Ich melde mich von zuhause aus.

Deine Lis.

26.09.2018

Liebe Lis,

das Kapitel „Bernd" wird leider — im Übrigen voraus-sehbar — immer undurchsichtiger: Sowohl der Luxuswa-gen als auch der glamouröse Verehrer verschwinden im Nebel. Dafür taucht eine Dame aus dem Dunst hervor, eine Dame, die mit Bernds Geld zu tun hat bzw. mit seinem nicht vorhandenen Geld, und die Worte „Finanzamt" und „Verzug" klingen bedrohlich in den Ohren, machen schlechte Laune. Sei froh, dass du dich mit dem „Herrn" noch nicht näher eingelassen hast.

Das wird dir ein schwacher Trost sein, denn du hast dich verliebt. Wahrscheinlich vermisst du diesen Bernd jetzt bereits, kannst dir aber keine wenigstens halbwegs glaubwürdige Entschuldigung für sein Verhalten zusammenbasteln ... Ich werde dir den Spruch mit dem Schrecken und dem Ende ersparen und mehr oder weniger elegant auf meinen profanen Alltag zu sprechen kommen.

Ich habe dir ja von den Kaffeeflecken in dem hellgelben Teppich erzählt. Franz ist ihnen schon mehrfach mit Teppichschaum zu Leibe gerückt - ich kann das doch mit meinen Knien nicht — aber es wird und wird nicht besser, ein bisschen sieht man immer noch. Ich habe nun beschlossen, mich von dem Teppich zu trennen, Franz kann ihn haben, er holt ihn morgen ab. Sein Esszimmer ist mit den Fliesen sonst etwas fußkalt. Er hat sich auch sehr höflich bedankt. Ich habe ihm gesagt, dass ich den Teppich schon drei Jahre habe und bei Vorhängen und Teppichen gerne variiere. Da hat er irgendetwas vor sich hingemurmelt und mir mitgeteilt, dass er den Teppich morgen abholen wolle. Ich habe ihn gebeten, pünktlich um 10:30 zu erscheinen.

Ich muss morgen nämlich noch zur Fußpflege und zum Friseur. Du kennst mich doch, wenn ich nicht alle drei

Wochen in Guiseppes Salon bin, dann fühle ich mich wie ein halber Mensch — und Guiseppe hat seinen Preis. Unter 180€ komme ich da nicht wieder raus. Aber es macht doch was her, oder?

Liebe Lis! Gönn dir zum Abschied noch eine gute Massage, das wird in diesem Wellness - Tempel gewiss kein Problem sein. Ich muss jetzt aufhören, gleich kommt eine ehemalige Kollegin von mir.

Liebe Grüße und nimm's nicht so schwer!

Deine Gabi

27.09.2018

Liebe Lis,

allmählich mache ich mir Sorgen: Wieso meldest du dich nicht? Ist Bernd inzwischen wieder aufgetaucht? Seit gestern müsstest du wieder zuhause sein. Ich weiß auch gar nicht, an wen ich mich wenden soll, da ich die Adressen deiner Kinder nicht habe. Ich werde noch etwas abwarten und dann die Polizei einschalten. Vielleicht überprüfen die, ob du unversehrt – wenigstens äußerlich – zuhause angekommen bist. Gewiss, ich riskiere, von den Damen und Herren mit den blauen Jacken ausgelacht zu werden ..., womit wir schon beim Thema sind.

Du erinnerst dich an meine E-Mail von gestern? Franz wollte sich den Teppich abholen, und zwar pünktlich um 10:30. Um 10:35 stand er vor der Tür. Er wirkte angestrengt, was mich wunderte, und sah ein bisschen zauselig aus, was mich bei ihm nicht mehr wundert. „Na, schon Frühsport gemacht? Tüchtig, tüchtig!", scherzte ich. Der Witz kam nicht gut an, Franz wirkte irritiert, murmelte ein verhuschtes „guten Morgen auch" und wanderte schnurstracks Richtung Esszimmer. Wir haben dann gemeinsam die Möbel zur Seite geräumt – den Tisch hat er alleine getragen, das kann ich ja nicht mehr - und den Teppich eingerollt. Dann haben wir ihn mit Paketband umwickelt, was Franz nicht zu passen schien. („Warum das denn? Ist doch gleich nebenan!") Ich habe aber darauf bestanden und ihm unmissverständlich klargemacht, dass der Teppich sich im Moment immer noch in meinem Besitz befinde - mein eigener Teppich! in meiner eigenen Wohnung! - und dass der nur vorschriftsmäßig verschnürt abgegeben werde. Du kennst mich, da rede ich Fraktur! Franz sagte dann nichts mehr. Er hat den Teppich schließlich rübergetragen und ich habe aufgepasst, dass er mit dem Ende der Rolle nicht an den Wänden und Türen entlangstreifte. Das war schon wichtig: Mehrfach konnte ich mit energischen Rufen („Vorsicht! Achtung, der gute Garderobenschrank!") größere Schäden an der Tapete und am Mobiliar abwenden!

Natürlich habe ich Franz noch in seine Wohnung begleitet, trotz mehrfacher Beteuerungen seinerseits, dass das nun wirklich nicht nötig sei. Ich wollte doch wissen, wo das gute Stück zu liegen käme. In seiner Wohnung mussten wir dann durch den Flur geradeaus Richtung Wohn- und Esszimmer, wo der Teppich ausgerollt werden sollte.

Dabei bemerkte ich, dass die Schlafzimmertür offenstand, und habe im Vorbeigehen ganz kurz mal einen Blick riskiert. Also dass das Bett nicht gemacht war, geschenkt: Junggeselle! Aber der Teppich in der rechten Ecke, unterm Fenster, neben dem Kleiderschrank, da war ich doch sprachlos. Stell dir vor, ein Flokati, rosafarben, eine echte Scheußlichkeit! Gut, in den 70er Jahren hatte ich im Rahmen einer jugendlichen Geschmacksverirrung auch einmal so einen, aber nur kurz, eine wahre Dreckschleuder, allerdings war der naturfarben und nicht rosa! Ich habe erst mal nichts gesagt, bis mein Teppich an Ort und Stelle lag. Er passt gut in die Essecke und wertet die doch sehr einfache Möblierung deutlich auf. Wir haben die Essecke dann mit einer Tasse Kaffee eingeweiht. Darauf habe ich ganz generös bestanden, obwohl Franz in Sorge war, dass ich meine Termine nicht pünktlich wahrnehmen könne.

Und dann, beim letzten Schluck, konnte ich nicht anders: „Lieber Franz, den Flokati in Ihrem Schlafzimmer, den ich da im Vorbeigehen hab so rosa schimmern sehen – die Tür stand ja sperrangelweit auf – den hätte ich Ihnen nicht zugetraut, beim besten Willen, den nicht!"

„Ach der, den hat die Selma von oben mitgebracht." Dabei stand Franz schon auf und begann, den Tisch abzuräumen.

„Mitgebracht, wieso mitgebracht? Und Selma, wer ist denn Selma?" Ich war ehrlich überrascht, mir schwante aber schon was.

„Die Selma Sonnen–Sittich, die Musikschullehrerin in Pension, die von oben."

„Aha", sagte ich und muss sehr erstaunt geguckt haben.

„Liebe Gabi, Sie wissen doch, dass ich der Selma das Geigenspiel nahebringe, wir haben ja gestern noch drüber gesprochen. Und um Sie nicht zu stören - uns ist bekannt, wie geräuschempfindlich Sie sind -, üben wir im Schlafzimmer; da ist dann noch der Flur zwischen unseren beiden Wohnungen, sozusagen als Puffer. Und die Selma übt am liebsten mit nackten Füßen, und zwar auf Naturmaterialien, damit sie sich richtig erden kann."

Ich war zum Glück schon aufgestanden und hatte mich gerade Richtung Flur gedreht. So habe ich einmal tief durchgeatmet (das kenne ich aus der Fortbildung „Schwierige Gespräche mit Eltern") und mich dann noch einmal zu Franz umgedreht: „Sie wissen schon, lieber Franz, dass 70% aller Menschen über 60 mit Fuß- und Nagelpilz zu kämpfen haben, der sich im Übrigen sehr schnell überträgt."

„Sehr bemerkenswert, wie Sie um meine Gesundheit besorgt sind." Und stell dir vor, dabei hat er gegrinst.

„Warum nur? Warum nur?", hab ich zurückgegrinst, ohne mir irgendetwas anmerken zu lassen. Dann musste ich ganz schnell los.

Eins sage ich dir, ich bin stinksauer, da gibt man sich Mühe und wird noch hopsgenommen. Nicht mit mir! Den Herrn Kobler werde ich erstmal ganz fein links liegen lassen. Ich wollte ohnehin eine alte Schulfreundin besuchen. Mal sehen.

Melde dich möglichst bald.


Liebe Grüße

Deine Gabi

29.09.2018

Liebe Gabi,

du machst dir wirklich Sorgen um mich, also melde ich mich schnell. Nicht dass noch die Polizei vor der Tür steht.

Stell dir vor, von Bernd habe ich immer noch nichts gehört. Seit gestern bin ich mehrfach an seinem Haus vorbeigegangen: Die Tür ist abgeschlossen und niemand ist zu sehen, auch im Garten nicht. Dummerweise habe ich die Telefonnummer von Hanna Meier nicht, sonst würde ich sie anrufen. Das alles ängstigt und verwirrt mich. Ich sitze auf meiner Couch in eine Decke gekuschelt und grübele: *Was um Himmels willen ist mit Bernd passiert?* Ich schalte nicht einmal meinen Fernseher an, nur aus der Küche dringt das altvertraute Summen des Kühlschranks.

Bei der Abreise kam es so, wie du es bestimmt erwartet hast: Ich wurde an der Rezeption gefragt, ob ich die Rechnung mit Karte begleichen wolle oder in bar. Bernd hatte das Wochenende als Paket für uns beide gebucht und die Rechnung stand am Tag der Abreise noch offen. Es blieb mir nichts anderes übrig, als meine Karte zu zücken und über die Theke zu reichen. 2.420 Euro wurden abgebucht, und ich war froh, dass ich so viel auf dem Konto hatte. Ich stand dort in der Empfangshalle, und vor meinem geistigen Auge segelte meine Wolke sieben auf und davon.

Bevor ich abgereist bin, fragte ich an der Rezeption, ob ich das Zimmer von Bernd sehen dürfte. Eine junge Dame begleitete mich dorthin. Was ich in seinem Zimmer zu finden gehofft habe, fragst du mich? Genau, ich wollte wissen, ob er mit seinem Koffer verschwunden ist oder ob er alles in seinem Zimmer gelassen hat. Das Zimmer war leer, ich sah jedoch, dass jemand dort übernachtet hatte, das Bett an der linken Seite war benutzt. Ich öffnete die Schublade des zugehörigen Nachttischchens. Ich hoffte, einen Brief zu finden, mit einer Erklärung für sein merkwürdiges Verhalten.

Und ich habe tatsächlich etwas gefunden: einen Notizblock in einem eleganten braunen Lederumschlag. Ich habe ihn wiedererkannt, auf diesem Block hat Bernd häufig etwas notiert. Ich ließ besagten Block unauffällig in meine Handtasche gleiten, als die Dame zum Fenster ging, um die Gardinen aufzuziehen.

Während der Fahrt nach Hause habe ich vor mich hin geheult, nicht sehr laut, aber ausdauernd. Ich fühlte mich so betrogen. Zuhause angekommen durchstöberte ich das Büchlein, fand aber nur Zahlen und Formeln darin. Für mich gab es dort keine Nachricht. Inzwischen war ich fest entschlossen, deinen Rat zu befolgen und eine Detektei aufzusuchen. Ich erinnerte mich: Privatdetektei Meyer & Söhne, also mit Hanna Meier Gott sei Dank nicht verwandt und nicht verschwägert, sie schreibt sich mit „i" und nicht mit einem „y".

Heute Morgen habe ich mich auf den Weg gemacht, nachdem ich mit der Sekretärin einen Termin für heute um 14:00 Uhr vereinbart hatte. Einerseits war ich froh, so schnell einen Termin zu bekommen, andererseits habe ich mich aber auch gewundert. Offensichtlich hat man dort nicht sehr viel zu tun. Dieser Eindruck verstärkte sich, als ich das Bürogebäude sah, in dem die Detektei untergebracht ist. Alles wirkte etwas trist, und einige Etagen schienen nicht vermietet zu sein. Das Büro von Meyer & Söhne liegt in der sechsten Etage. Ich nahm den Fahrstuhl, weil ich mich nicht so fit fühlte, und du glaubst nicht, was mir passiert ist: Die ganze Welt hatte sich offensichtlich gegen mich verschworen: Nach wenigen Sekunden blieb der Fahrstuhl zwischen zwei Stockwerken stecken. Murphys Gesetz ließ grüßen: Alles, was schiefgehen konnte, war schiefgegangen. Ich drückte den verdammten Notrufknopf, aber der Sicherheitsdienst meldete sich nicht. Dann schaltete ich mein Handy ein. Kein Empfang! Deshalb konnte ich auch nicht die 112 anrufen. So wie das Haus aussah, wurde der Aufzug nicht ordentlich gewartet. Warum nur habe ich die schmutzige Fassade ignoriert und bin trotzdem eingestiegen?

*Jetzt bloß Ruhe bewahren, Ruhe bewahren ...* bemühte ich mich um mein inneres Gleichgewicht. Aber es nützte nichts, ich bekam Panik. Mein Puls raste, und Schweiß bedeckte nicht nur mein Gesicht, auch meine Bluse war nach kurzer Zeit pitschnass.

Ich klopfte an die Tür und rief: „Hilfe! Hilfe!" Ich erinnerte mich an einen Bericht neulich in der Zeitung: *Drei Tage lang hat die Putzfrau eines New Yorker Milliardärs im Fahrstuhl seines Haus festgesteckt.*

*Drei Tage! Drei Tage!* Mir wurde schlecht. Das würde ich nie überleben!

Ich rutschte auf den Boden und ließ meinen Tränen freien Lauf. Was hatte ich in dem letzten halben Jahr nicht alles falsch gemacht! Ich hätte nicht wegziehen sollen aus meiner gewohnten Umgebung, weg von meinem Bekannten- und Freundeskreis, vor allem von dir, liebe Gabi. Ich hätte mich nicht auf diese suspekte Beziehung mit Bernd einlassen dürfen, du hattest wieder einmal recht. Und diesen Termin bei einem möglicherweise unseriösen Detektiv hätte ich mir sparen können. Was geht es mich an, wo Bernd ist, was er verbrochen hat und vor wem auch immer er auf der Flucht ist? Vielleicht, liebe Gabi, ist an deiner Vermutung *Dein Bernd ist ein Heiratsschwindler* etwas Wahres dran? Ich erinnerte mich an Bernds Vorschlag, meine Wohnung zu verkaufen und zu ihm zu ziehen. Hätte er mir dann das Geld für den Verkauf der Wohnung abgeluchst? Und ich hätte danach ohne meine Altersvorsorge dagestanden, von ihm abhängig und ihm untergeordnet.

All meine Taschentücher waren mittlerweile aufgebraucht, lagen nass neben mir auf dem Boden. Ich versuchte noch einmal um Hilfe zu rufen:

„Hilfe! Ist irgendjemand da draußen?" Meine Stimme war piepsig und leise, aber – welch ein großes Glück – jemand hatte mich gehört.

„Hallo, Sie da drin, wie geht es Ihnen?", erklang von draußen eine kräftige Männerstimme, besorgt und beruhigend, beinahe väterlich.

Ich war gerettet! Ich würde nicht jämmerlich in diesem Fahrstuhl zugrunde gehen! Ich stand auf und drückte mich an die schmale Ritze der Tür.

„Sind Sie vom Notdienst?"

„Nein, ich hab Sie nur gehört."

„Kommt der Notdienst auch?"

„Haben Sie den Knopf gedrückt?"

„Mehrfach. Es hat sich aber niemand gemeldet. Und mein Handy hat keinen Empfang. Ich kann die Polizei oder den Rettungsdienst nicht anrufen und der Alarmknopf scheint nicht zu funktionieren", wiederholte ich mich.

„Bleiben Sie ganz ruhig, ich rufe sogleich für Sie den Sicherheitsdienst."

„Bitte, gehen Sie nicht weg!"

„Keine Sorge, ich warte, bis der Sicherheitsdienst gekommen ist."

„Gott sei Dank!"

„Ach wissen Sie, mir ist auch schon so mancherlei passiert", beruhigte er mich. „Vor kurzem ist z. B. mein Auto stehen geblieben und ich habe die Blauen Engel gerufen. Und stellen Sie sich vor, die Dame vom ADAC setzte sich in mein Auto und es sprang sofort an. Daraufhin ist sie natürlich gefahren. Als ich dann den Wagen selber starten wollte, machte er wieder keinen Mucks. Ich habe mich dann abschleppen lassen."

Du kannst dir nicht vorstellen, wie gut mir diese Stimme tat. Sie war die Verbindung zur Außenwelt, sie tröstete mich, und ich war beinahe wieder die Alte. So habe ich schnell die Lippen nachgezogen und einmal an meinen Achseln geschnüffelt, denn mit diesem Mann wollte ich sehr gerne einen Kaffee trinken gehen.

„Da kommt der Sicherheitsdienst, ich muss jetzt leider gehen. Ich habe jetzt nämlich einen Termin.", hörte ich nun zu meinem Bedauern und wurde kurz darauf von einem kräftigen Herrn im blauen Overall befreit. Von meinem Retter weit und breit keine Spur!

Dass ich in diesem aufgelösten Zustand meinen Termin mit der Detektei Meyer & Söhne nicht wahrnehmen wollte, wirst du nachvollziehen können. Ich bin erstmal nach Hause gegangen und habe ein schönes warmes Bad genommen.

Erschöpfte Grüße
von deiner Lis

Fortsetzung folgt...

Milla Dümichen, Jahrgang 1952, ist eine deutsche Autorin mit russisch-georgischen Wurzeln. Ihr Lebensweg führte sie als Vierzigjährige mit ihrer deutschstämmigen Mutter nach Deutschland. In ihren ersten zwei Büchern „Bittere Bonbons" und „Pustekuchen und andere Delikatessen" schildert sie Berührendes und Amüsantes aus ihrem bewegten Lebens in ihrer neu erlernten deutschen Sprache. Getreu ihrem Motto „Die besten Geschichten erzählt das Leben" nimmt sie Leser und Zuhörer mit auf ihre Zeitreise.

In ihrem dritten Buch „Herbstrauschen" begleitet die Autorin ihre Protagonistin Ella auf ihrer Suche nach dem passenden Partner, mit klarem Blick auf die häufig unbarmherzigen Alltäglichkeiten. Eva von Kleist lektorierte „Herbstrauschen", und dabei fanden beide schnell Berührungspunkte und wagten das gemeinsame Projekt „Spätlese & Eiswein."

Eva von Kleist, geboren 1952 in Iserlohn und auf-
gewachsen in städtischem Ambiente, fühlte sich seit
Kindesbeinen zum Landleben hingezogen. Inzwischen
lebt sie mit Mann und Maus (5 Hühner, 2 Pferde,
1 Katze) auf einem Resthof in Welver.

Nach ihrem Studium in Münster unterrichtete sie
von 1980 bis 2017 die Fächer Deutsch, Literatur und
Sozialwissenschaften.

Eva von Kleist schreibt Kurzgeschichten und Erzählungen. 2019 schloss sie sich den BördeAutoren an
und gestaltet seit Mitte 2019 das Soester Magazin
„Füllhorn" mit.